浪花朵朵

冻僵的王子

[奥]克里斯蒂娜·涅斯特林格——著

[德]弗里德里希·卡尔·维希特——绘

任庆莉——译

上海人民美術出版社

人们在伐倒一棵很老很老的树时，从树冠上掉下来一本小小的书，里面写了一个故事。这个故事用绿色的墨水写成，是这样开始的：

“有一天，一个冻僵的王子从天上掉了下来，正好落在了我父亲的房子前面……”

其实，这个故事的开始只是另外一个故事的结束，那个故事是这样开始的：

很久很久以前，有一个很小的王国。那里有山谷、森林、绿地和田地。一条小河自北向南，正好从王国的中间流过。这个王国有两个皇宫，一个在河的右岸，一个在河的左岸。王国有国王和王后，他们有一个儿子，叫弗兰茨王子。

夏天的时候，弗兰茨王子和父母住在河右岸的皇宫里，因为那里有两个很大的阳光充沛的平台和一个宽阔的皇家公园。到了冬天，弗兰茨王子就和父母住到河左岸的皇宫去，因为那里有温暖的瓷砖火炉和开放式的壁炉，还有一个池塘，弗兰茨王子可以在上面滑冰。

国王和王后都很爱弗兰茨王子，他们常常这么说：“他是我们的全部幸福！”

弗兰茨王子确实是他父母的全部幸福，假如没有他，国王和王后毫无幸福可言，他们的婚姻是不幸的，他们彼此并不相爱，相互之间只有厌恶！他们诅咒他们结婚的那一天。他们俩除了吵架，几乎不和对方说一句话，有时他们吵架的声音很响，以至于邻近几个国家的人都能听见他们吵架时的吼叫。

弗兰茨王子真心地爱他的父母，他对他们无休止的争吵感到很痛苦。他总是再三恳求父母：“难道你们俩就不能为了我相互容忍对方一些吗？”尽管国王和王后平时总是满足王子的任何愿望，但是他们这时却都无奈地摇摇头。王后的女仆对弗兰茨王子说：“这都是你父亲的错！他总是惹你母亲生气，你母亲气得都得了胃病，生气对胃很不好！”

国王的男仆对弗兰茨王子说：“这都是你母亲的不好！她总是惹你父亲生气，使得他总是肝火旺盛，他甚至都得了胆病，生气对胆很不好！”

弗兰茨王子已经习惯了父母每天吵架。为了少听他们的争吵，他总是在皇宫的花园里玩，夏天在树荫下面，冬天在结了冰的池塘上。他恳求父母在吵架之前先把窗子关上。对他的这个愿望，他的父母倒是能够满足。

冬天的一天，在左岸的皇宫里，王子正在结了冰的池塘上练习退着滑冰，他听见父母大声吼叫起来。他还从来没听过他们如此大声地吵架！他惊慌失措地望着皇宫的窗户，看见有三块窗玻璃已经被这种可怕的大声吼叫震裂了！

弗兰茨王子穿着滑冰鞋就朝皇宫跑去。当他跑进皇宫时，可怕的大声吼叫已经停止了。

在宽敞的门厅里，他遇到了女仆和男仆。女仆一边帮王子脱下右脚上的冰鞋，一边说："啊哟，小王子，你的父母今天差点要把对方杀了！他们握着各自的权杖扑向了对方！"

男仆一边帮王子脱下左脚的冰鞋，一边说："啊哟，谢天谢地，他们后来都放下了权杖，因为他们感到身上痛得厉害。国王是胆痛，王后是胃疼！"

"现在怎么办呢？"弗兰茨王子问道。

女仆说："他们现在都在王位大厅里考虑问题呢。"

男仆说："因为他们不能再这样继续下去了。"

弗兰茨王子蹑手蹑脚地向王位大厅走去。他不想打搅父母考虑问题，于是就从门的钥匙孔里向王位大厅内窥视。

国王和王后坐在各自的王位上，头上都戴着王冠。他们戴着王冠，是因为这样可以更好地考虑问题。

国王和王后用心考虑问题，以至于王冠之间闪现出一团团细小的淡绿色的思想火花，看上去就像是两群萤火虫正在王冠里面建造巢穴。

弗兰茨王子把一只耳朵贴在门上，他听见母亲说："为了让我的胃不再疼，我必须离开你！"他又听见父亲说："为了让我的胆不再痛，我必须离开你！"接着，两个人又大声喊叫起来，这下小王子不用把耳朵贴在门上偷听就能听见他们的喊声:“我们需要做的,就是离婚，那样我们各自都清净了！”

弗兰茨王子很伤心，轻手轻脚地离开了王位大厅。他问自己：“我的父母要离婚，那我该怎么办呢？”他不知道该怎么办，又轻手轻脚地回到了王位大厅，往钥匙孔里面看。这时，国王和王后又在用心考虑问题，以至于从他们的王冠里面喷射出一团团淡蓝色的思想火花，看上去就像是点燃了一团焰火。

弗兰茨王子把一只耳朵贴在王位大厅的门上，他听见母亲说：“我认为，王子应该跟我！”

然后他听到父亲说：“我认为，王子应该跟我！”

接着国王和王后又大声喊叫起来，弗兰茨王子用不着把耳朵贴在门上就可以听见：“我们在这个问题上永远不可能意见一致，那就让弗兰茨自己决定和谁在一起！”

弗兰茨王子像闪电似的从王位大厅跑开，为的是他的父母没法问他愿意和谁在一起。他躲到御厨房的大桌子底下，即使听见了国王的喊声，他也不肯出来，国王的喊声在皇宫里回荡：“弗兰茨，我亲爱的弗兰茨，到我这里来！”

王后也在同样大声地叫他，但是这个声音也不能把他从御厨房的大桌子底下叫出来。

女仆和男仆知道弗兰茨王子躲在什么地方，但是他们都很同情他，不会出卖他的。他们对国王和王后撒谎说：“我们不知道小王子躲在什么地方。天黑的时候，他自己会回来的。”

女仆和男仆只要有一点时间就会来到御厨房，向王子通报国王和王后在王位大厅里面的情况。有一次，女仆说:“他们在分配财产。没有争吵,没有一句恶言恶语。或许他们很高兴马上就能够彼此摆脱对方。”

有一次，男仆说：“他们把王国一分为二。国王得到河左岸的一半，王后得到河右岸的一半。”女仆又跑来说:“王后命令我,把所有属于她的财产装上一辆大车。今天我们就要搬到王国的右半边去。”

男仆又跑来说：“国王命令我，守在这辆大车旁边，为的是不让人把任何属于他的东西装上去。”

过了一会儿，御厨来说:“小王子，大车已经装好了。他们正在架挡雨篷。到了你必须做出决定的时候了！”

但是，弗兰茨王子仍然不知道，他究竟应该跟母亲还是跟父亲。他对他们的爱是相同的，他不想失去两个人中的任何一方，他也不想伤害两个人中的任何一个。

“据说，戴着你父母的王冠，可以更好地思考问题，”御厨说道，“要不要我去给你拿一个来？”

弗兰茨王子觉得这是一个好主意。如果说王冠有助于他的父母思考问题，那么王冠或许也会对他有所帮助！“好啊，劳驾，”他对御厨说，“但是，请把两个王冠都给我拿来！”

御厨跑进王位大厅，取来了王冠。弗兰茨王子首先戴上王后的王冠，因为这个要小一些，然后又把国王的王冠套在王后的王冠上面，当两个王冠套在一起的时候，砰地发出了很响的声音。一道巨大的、深红色的、有着三个尖角的思想火花穿透桌板，飞向上方。别人准会以为，这是闪电雷鸣，在御厨房的正中央突然下了一场雷暴雨。

威力无比的思想火花撞到御厨房的天花板，碎裂成无数微小的火星，然后像下雨似的落到惊愕不已的御厨身上。当雷鸣般的响声逐渐平息之后，弗兰茨王子取下头上的王冠，从桌子下面钻了出来。

“这样思考该绰绰有余了吧！”御厨大声地说。

弗兰茨王子点了点头，说："现在我明白应该怎么办了，但是我需要你帮忙。"

"听候吩咐，小王子。"御厨说道。由于皇宫里出现的混乱，没有人向他预订吃的东西，所以他有时间。

王子和御厨蹑手蹑脚地溜进王子的卧室，无论是国王和王后，还是女仆和男仆，谁都没有觉察。他们把床收拾了一下，抬着它下了楼梯，从后面的皇家信使通道出了皇宫，然后经过皇家公园和草地，来到那条将王国一分为二的河边。在那里，他们把床像一座小桥似的架在了河上。床头在河的左岸，床尾在河的右岸。

王子跳上床，把被子一直盖到下巴。尽管如此，他还是冷得浑身发抖。这是一个寒冷刺骨的晚上。

"现在你去叫我的父母。"弗兰茨王子牙齿"咯咯"打战地对御厨说。

御厨跑回皇宫，不一会儿，国王和王后就从皇宫匆匆忙忙地跑来了。

王后看见架在河上的床之后，大声地说："弗兰茨，我的天啊，你究竟在想什么呢？"

国王来到河边，高声喊道："弗兰茨，我的天啊，你这是找死呀！"

王子跳上床，把被子一直盖到下巴。尽管如此，他还是冷得浑身发抖。

这是一个寒冷刺骨的夜晚。

“亲爱的父母大人，这是唯一公平合理的解决办法，”王子说道，“这样你们每个人可以拥有同样多的我。今后，我一天夜里把头睡在母亲的王国，一天夜里把头睡在父亲的王国！”

国王和王后蹚进水里，都想把床拉上岸来。但是，王后想把床拉上右岸，国王则想把床拉上左岸。两人抓住王子的床，使出全身力气，死拽硬拉，因为他们俩都很有劲，而且谁也不肯让步，所以床被拉断了。国王的手里抓着床头，王后的手里抓着床尾，王子躺在床板上漂在河面，就像一只木筏子，顺流而下，越来越快，越来越快，还没等国王和王后反应过来他们闯了什么祸，王子就已经在下一个河弯的后面消失了。

王子躺在床板上，漂在河的中央，他不想靠上任何一边的河岸，因为他自己也不知道应该选择河的右岸还是河的左岸。

河面越来越宽，朦胧的黄昏变成了漆黑一团的黑夜，没有月亮，也没有星星。可怜的弗兰茨王子用双臂抱紧床板，河水在他的身下汩汩地流淌，风儿在他的头上呼啸，不时地会有一层浪花卷到床板上来。王子浑身上下都是湿淋淋的，他的被子和枕头早就掉进水里去了。

天蒙蒙亮的时候，王子发现他的床板正在慢慢地下沉，床垫已经吸足了水，变得很沉很沉，以至于把床板都压在了水面以下。这时，王子感到绝望了，他想：我不得不靠岸了。在这种危急关头，靠上右岸还是靠上左岸，对他来说都是一样的了。

王子直起身体，他想看看，是右岸近呢，还是左岸近，然而还没等他看清楚，床板就翻了，床垫滑了下去，扑通一声掉进水里，沉了下去。床板翻了一圈，王子试图抓住它，可是没有成功，床板打在了他的头上，然后被水流卷住，顺水漂走了。

王子被床板完全打蒙了，他过去没有真正学过游泳，他用双手和双脚在水里拼命地扑打，总算能把脑袋保持在水面上。但是，他渐渐地感到，他的力气已经坚持不了多长时间了。

他决定听任悲惨命运的安排，在水里随波漂流，就在他快要沉下去的时候，他突然撞到了一个硬的东西。是一截木桩！它不是漂在水上的，而是结结实实像一根蜡烛似的立在水中的。在木桩的上方有一个很小的木头房子。

王子赶紧抱住木桩，他想：要是我还有救的话，那就是这根木桩了！

弗兰茨王子使出最后一点力气，顺着木桩，从水里爬了上去，爬进了那个小木房子。然后就坐在那里，让缓缓上升的太阳用它温暖的阳光晒干自己身上的衣服。冬天的早晨，阳光竟然如此温暖，这让王子感到很吃惊。他不知道，在漆黑一团的夜里，他躺在床板上漂过了五个国家，从北方来到了南方，而且是来到了南方的一个从来就没有过真正的冬天的国家，在这里，冬天只不过没有夏天那么热罢了。

快到中午的时候，王子身上全干了。他一点儿也没有伤风感冒，只是感到又饿又渴。他不知道应该如何离开这个木房子，如何离开水上。他很清楚，依靠自己的力量，他是不可能上岸的。于是，他大声呼喊救命，虽然到处都看不见一个人影。他使出吃奶的劲儿，大声喊叫，他希望，风或许会把他的喊声传到陆地，送进人们的耳朵。

王子把嗓子都喊哑了，当他只能用嘶哑的声音低声呼喊“救命”的时候，他终于看见从岸边过来了一条小船。这条小船直奔他而来。船上坐着一个非常漂亮的姑娘，长长的金发，在阳光照耀下，就像真正的黄金一样闪亮。姑娘身材苗条，可是力气却很大，因为小船片刻之间就划了过来。

“如果我是你的话，”漂亮姑娘对王子大声地说，“我就不会坐在这里！要是我已经坐在这里了，那我就把嘴闭上，不会这么大喊大叫！”

漂亮姑娘停止划桨，让小船慢慢地朝木房子漂过去。“你是坐在蓝色大鸟的房子里，”姑娘说，“蓝色大鸟不喜欢不速之客！要是它看见了你或者听到了你的声音，那你可能就会遭殃了。”

漂亮姑娘的话音刚落，空中就传来一阵巨大的响声，一个很大的影子遮住了小木房子和王子。

漂亮姑娘撩起自己白色的连衣裙，大声地说：“你要是珍惜生命，就赶紧藏到这里来！”

她的话听上去如此严肃，如此让人感到不安，以至于王子不敢犹豫片刻。他站起来，从木房子纵身一跃，跳向小船。他正好落在漂亮姑娘的两腿之间，漂亮姑娘迅速放下白色长裙，遮住了自己的腿，同时也遮住了王子。

“你要像石头一样一动不动，要像鱼一样一声不响。”漂亮姑娘低声说。

漂亮姑娘停止划桨，让小船慢慢地朝木房子漂过去。

漂亮姑娘的白色长裙上面有许多小孔，像是被蛀虫咬出来的。通过两个小孔，王子从藏身的地方朝外面张望，看见一只巨大的深蓝色的鸟，扑打着翅膀，围着木房子飞了好几圈。它一边飞一边尖声地喊道："刚才还有一个人呢！这家伙跑哪儿去了？快出来，我非杀了他不可！"

漂亮姑娘说："大鸟，你肯定是做梦了吧！这里刚才没有人，现在也没有人！"

大鸟尖声说："我在飞的时候从来不睡觉，不睡觉我就不会做梦！"

"那就是看错了，大鸟，"漂亮姑娘说，"太阳照在水面，照在你的宫殿上，你的宫殿又把影子投在水面，水波荡漾，搅乱了它的影子，从上面看下来，就好像是有一个人似的。"

蓝色大鸟停到木房子的顶上，继续扑打着翅膀。"这也有可能，"它尖声尖气地说，"但是，我听见这家伙的喊叫声了！被水波搅乱了的影子，不可能会喊叫！"

漂亮姑娘哈哈大笑起来，说："你听见的是我的喊叫声，大鸟。我只是喊了几声救命。"

蓝色大鸟不再扑打翅膀，关心地问道："你刚才遇到危险了吗？”

“没有，”漂亮姑娘说，“我只不过想试一试，我要是遇到了危险，看你会不会来救我。”

“咳，你这个小傻瓜，”蓝色大鸟说，“难道你不知道吗？无论我在什么地方，总是惦记着你呀。”

“这我记在心里了，大鸟。”漂亮姑娘说。

“那我就回去工作了。”蓝色大鸟说完，扑打着翅膀，从木房子上飞了起来，然后就飞走了。

很快，大鸟就变成了蓝天上的一个小点。

“这是成功的第一步。”漂亮姑娘说着把船桨放入水中，将小船划离木房子。

“我可以出来了吗？”弗兰茨王子问道，他躲在长裙下面已经出了一身的汗。

“最好还不要出来，”漂亮姑娘说，“我也不清楚大鸟能够看多远。等到我们进了芦苇丛再出来吧。到了那里，你就安全了。”

就这样，一直等到漂亮姑娘把小船划进了岸边的芦苇丛，王子才从裙子下面爬出来。

“你是从哪儿来的？”漂亮姑娘问。

弗兰茨王子向漂亮姑娘讲了王后和国王的事，也讲了他们闹离婚，他把床架在河上的经过，还讲了他的父母如何争夺这张床，他自己如何睡在床上漂到南方的前前后后。他说：“我必须尽快回去。否则，我父母会以为我已经死了，然后把我死亡的原因说成是对方的责任。这样一来，他们双方可能会相互宣战。右岸王国攻打左岸王国！我一定要去制止他们。”

“你回不去了，”漂亮姑娘说，“顺流而下，很容易，可是，谁也无法逆流而上地游泳。”

“那我就沿着河岸走路好了，”王子说，“反正我也不会游泳。”

“有一边河岸全是沼泽，”漂亮姑娘说，“人要是走上去，立刻就会陷下去，一直能没到肚脐，根本无法再出来。另一边河岸全是岩石，很容易就会掉下悬崖，摔得粉身碎骨。”

“尽管如此，我也要试一试。”王子说。

“你还是留在这里吧，”漂亮姑娘说，“即使你能够走出沼泽，爬过悬崖绝壁，但是迟早也会被大鸟发现，它会杀死你的。”

“它为什么要杀死我呢？”弗兰茨王子问道，“我并没有做任何对它不利的事情啊！”

漂亮姑娘指着天空说：“这个国家属于这只蓝色大鸟，无论白天还是夜晚，它都沿着边界飞来飞去，监视着是否有人进入它的王国。只有在星期六到星期日的夜里，它才不飞去巡视。它睡在那个木房子里，为下一个星期积攒力气。”

“他为什么要这么做呢？”弗兰茨王子问。

“都是为了我，”漂亮姑娘答道，“因为我是它的未婚妻。它担心我会被别人偷走。”

“你喜欢这只蓝色大鸟吗？”弗兰茨王子问。

“这并不重要，”漂亮姑娘说，“但是这个国家只有它和我。除了我们俩，这里只有鱼、青蛙、蠕虫和昆虫。它是一只鸟，而且是一只大鸟，是这里能够得到的最好的。”

漂亮姑娘开始抽泣。

“但是我一直眷恋着一个粉红色的毛绒玩具熊。它是去年被河水冲到这里来的，就和你一样。我第一次见到它就很喜欢。可是，蓝色大鸟发现后很恼怒，冲上来抓住我的粉红色毛绒玩具熊就飞走了。”

漂亮姑娘的右眼滚出了一滴眼泪。她指着一大片森林说：“就在那儿，蓝色大鸟把我的毛绒玩具熊从高空扔了下去。它肯定摔断了脖子。”

漂亮姑娘擦去右眼的泪水，继续说：“从这一天起，大鸟满怀妒意地巡视全国，为的是再也不让任何人进入这个国家，以免我又会喜欢上别人。”

漂亮姑娘的痛苦深深触动了王子。他想安慰安慰她，说道：“从高空掉下来，经常也有不会摔死的时候。毛绒玩具熊特别经得起摔。我也有过一个浅蓝色的小小的毛绒玩具熊，有一次，它从皇宫的五层楼的窗子掉了下去，可是一点事儿也没有，只是身上有点脏罢了，因为它正好掉进了垃圾桶里。”

“你是说，我的毛绒玩具熊有可能还活着？”漂亮姑娘问。

“如果它的确掉在森林里了，”王子说，“我敢肯定，它不会摔死的。树梢很软，摔上去，就像是摔在一百张羽绒被上面似的，一点也不疼。请你相信我！”

漂亮姑娘又开始抽泣，说：“我相信你，但是这也改变不了什么。我怎么才能到那片大森林里去呢？大鸟总在盯着我。”

“它在星期六到星期日的夜里总要睡觉，对吧？”王子说。

“是这样的。”漂亮姑娘说，“可是，岸边有沼泽，我和你一样都走不过去。我曾经试过一次。那是一个星期日，太阳刚一出来，大鸟就发现了我。当时我正陷在沼泽里面，已经没过了肚脐。大鸟把我拉了出来，送回到小船上。”漂亮姑娘摇着头继续说，“不行，不行啊，这是不可能的。”

“要是我想出一个走过沼泽的办法来呢？”王子问。

“那我就跟你走。”漂亮姑娘答道。

“要是很危险呢？”王子又问。

“即使有危险，我也去！”漂亮姑娘坚决地答道。

“你很勇敢。”王子说。

“咳，并不是特别勇敢。”漂亮姑娘说，“我必须提醒你，要是特别危险的时候，我可能会喊救命。大鸟睡觉时很警觉，有什么动静，它立刻就会醒的。它在黑暗中看东西和白天一样。它会来救我的。他不会伤害我，因为他喜欢我。但是，小王子，它会杀了你的！”

漂亮姑娘微笑着，语气平和地说了这番话，就好像对她来说，无论王子出什么事，都无所谓似的。这让王子感到非常失望。他伤心地说：“如果我对你来说是无所谓的，那么你为什么要救我呢？”

“大家都是尽力而为罢了，”漂亮姑娘说，“但是，人都要认命，我的命，就好像是交付给这只蓝色大鸟了，不管在什么情况下。也许我应该甘心如此。”

弗兰茨王子摇着头，大声地说：“你不应该这样！”

“小声一点！”漂亮姑娘说，“别这么大声，大鸟的耳朵好着呢。”

“我向你发誓，”王子低声说，“我会想出一条我们可以逃走的路。只要你把我藏到星期六到星期日的夜里，别让大鸟发现我，那么我就可以带你穿过沼泽，走上陆地，去那片森林帮你找到你的粉红色毛绒玩具熊！”

漂亮姑娘表示同意。她并不需要把弗兰茨王子藏多久，因为现在已经是星期五，离大鸟回到木房子里睡觉，只剩下三十六个小时。

“我现在必须离开芦苇丛，”漂亮姑娘说，“要是大鸟较长时间看不见我，它就会起疑心，会从空中飞下来找我。”漂亮姑娘撩起裙子，“你再钻到下面去，好好地想想逃出去的路。”

“等一下！”王子说，“为了能够全面周密地思考问题，我需要一个王冠。我的头上要是戴着王冠，想东西就容易多了。这是我们家的传统。”

“一个王冠？”漂亮姑娘感到很新鲜，“这是什么东西？我还从没听说过这玩意儿。”

王子向漂亮姑娘讲解了王冠的样子。

“原来如此，”漂亮姑娘说，“我的手很巧。王冠这种东西，只要不是非得要黄金和宝石做的，我肯定能做出来一个。”

“不是非得要黄金和宝石做的。”王子说完，就钻到了裙子下面，漂亮姑娘把小船划出了芦苇丛。

但是，她只是用一只手划船。

她用另一只手捋了一些芦苇，然后又在水面上捞起几根蓝色的羽毛。

这些羽毛肯定是从那只蓝色大鸟身上掉下来的。

“你在做什么？”王子问道，他从蛀虫小孔里看见漂亮姑娘在做着什么事。漂亮姑娘没有回答他的话，不过，王子很快就看明白了她在做什么。芦苇管变成了一个圆环，上面又插上了一根根羽毛，羽毛中间还有一些灯心草，最后，这个东西看上去还真的很像一个王冠。

漂亮姑娘把王冠塞给王子，王子把它戴在头上，开始思考起来。他思考得很用心，羽毛和灯心草之间蹿出了成千上万的细小的思想火花，别人准会以为漂亮姑娘的裙子下面有一个蓝光警报灯。

尽管阳光明媚耀眼，蓝色的火花仍然清晰可见，就连在高空的大鸟也看见了，它俯冲下来，扑打着翅膀，围着小船盘旋，尖声尖气地问道：“你的裙子下面有什么东西？”

“我的裙子下面会有什么东西？什么也没有！”漂亮姑娘不动声色地答道。

蓝色大鸟停到小船上，想用嘴巴掀起漂亮姑娘的裙子看看。可是，漂亮姑娘抡起双拳猛击大鸟的脑袋，气愤地吼道：“你怎么敢在婚礼之前看我的裙了下面！我是作风正派的未婚妻！”

蓝色大鸟放下漂亮姑娘的裙子，扑打着翅膀，继续围着小船盘旋，疑虑重重地注视着漂亮姑娘。但是，这时已经看不见蓝色的火花了，因为王子把羽毛王冠从头上摘了下来。他已经想出了解决问题的办法！

“这肯定是你的错觉，大鸟，”漂亮姑娘笑着说道，“太阳照在水面上，水很平静，水面就会闪闪发光，就像是一面巨大的镜子。你肯定是在水中看见了你自己的倒影！”

蓝色大鸟又停到小船的船边上，继续激动不安地扑打着翅膀，尖声尖气地说：“我看见的蓝色火花不是在水里，而是在你的裙子下面！”

漂亮姑娘伸出一只手，亲昵地揉了揉大鸟的脑袋和眼睛。蓝色大鸟闭上眼睛，也不再扑打翅膀。

“是啊，你不知道，”漂亮姑娘说，“你那高贵的倒影在水中是多么的壮观华丽，如此辉煌，如此巨大，甚至就连我的这条平平常常的裙子也沾上了光彩。”

蓝色大鸟对这番解释很满意。“要是这样，那我就去工作了。”大鸟从船上振翅起飞，很快就变成了天空中的一个小点。

“我们成功了！”漂亮姑娘说着把船桨放进水中，把小船划到了河的另外一个岸边，这里没有芦苇丛，只有一道很高的悬崖峭壁。在悬崖的下面是一个很小的水帘洞的入口。入口很窄，但是小船正好可以通过。入口也很低，漂亮姑娘必须弯下腰才能进去。入口的后面是一个水波平静的小池塘，周围是岩石的墙，隆起的洞顶是由五彩缤纷的水晶组成的。在岩石墙上插着两把火炬，水晶被照得闪闪发光，熠熠生辉。岩洞的正中央，从水晶洞顶垂挂下来一只巨大的篮子，里面盛满了水果、蔬菜、香草和根茎。

“这都是大鸟为我叼来的，”漂亮姑娘说，“它每天带回来很多东西，我一个星期都吃不完。”

漂亮姑娘把小船划到篮子跟前，王子贪婪地抓起香蕉、芒果、无花果和西红柿大口大口地吃了起来。他还狼吞虎咽地吃了许多罗勒草、小红萝卜和胡萝卜，同时也不停地朝洞口张望，他担心蓝色大鸟随时有可能出现。

他害怕的眼神没有逃过漂亮姑娘的眼睛。“你不用害怕，”漂亮姑娘说，“婚礼之前，新郎到新娘住的地方来是不合适的。我已经教会这只蓝色大鸟，应该注意什么合适什么不合适。”

王子吃饱之后感到非常疲倦。他想在小船上躺下睡一会儿，漂亮姑娘却说：“我必须出去，否则大鸟会起疑心的。平时，我在白天是从不回家来的。”

“那我就在你的裙子底下睡吧。”王子打着哈欠说道。

漂亮姑娘不同意。她说，现在是中午，天空的太阳火辣辣的，谁要是在太阳底下睡觉，准会中暑的，而中了暑就会呕吐。

漂亮姑娘把小船划到岩石墙边。这里，在离水面大约一米的岩石上，有一个很小的洞，大小正好和一张床差不多，里面有一条被子和一个枕头。被子是用老鼠皮缝在一起做成的。

弗兰茨王子从船上爬进岩洞。漂亮姑娘把枕头拍拍松，说道：“枕头里的羽毛，是大鸟为我从自己身上拔下来的，送给我这个枕头的那一天，它浑身上下一根羽毛都没有。”

弗兰茨王子躺在岩洞里，把枕头塞到脑袋下面。漂亮姑娘为他盖好被子，说道：“为了做这条被子，大鸟整整四个星期一刻不停地抓老鼠，从早到晚，不分昼夜，甚至就连星期六到星期日夜里也不睡觉了。”

漂亮姑娘接着说：“我得去木房子看看。午饭之后，大鸟总要听我讲一个故事。”

“你有那么多的故事吗？”王子打着哈欠，含糊不清地问道。

“哪里呀，”漂亮姑娘说，“我每天下午总是给它讲同一个故事。对大鸟来说，重要的只是听听我的声音，它很喜欢听我的声音。我总是一边讲故事，一边摸它的尾巴，它可喜欢我摸它的尾巴啦。”

“那你就好好地讲故事摸尾巴去吧。”王子嘟哝了一句，就闭上了眼睛。

“你也好好睡吧。”漂亮姑娘温柔地亲了一下弗兰茨王子的额头。可惜，王子什么也感觉不到了，他已经睡着了。

当弗兰茨王子醒来的时候,漂亮姑娘躺在他的旁边,盖着同一张老鼠皮的被子。王子觉得,这会儿已经是夜里了,因为阳光曾经从洞口照进来的地方,现在只是一团黑,比周围的岩石亮不了多少。

王子依偎着漂亮姑娘,又睡着了。他做了一个奇怪的梦:他回到了家,回到了国王和王后的身边,他们俩还像从前那样争吵不休。可是,现在王子一点儿也不觉得心烦,因为漂亮姑娘也来到了皇宫,和他一起玩捉强盗的游戏。如果王子捉住漂亮姑娘,她就必须抱王子一下。如果漂亮姑娘捉住王子,王子也必须抱她一下。

这时,皇宫里飘逸着一股新烤出来的巧克力蛋糕的香味,一条大黑狗用头顶着巧克力蛋糕穿过王位大厅,跑进了早餐室,把蛋糕放在了餐桌上。

王子跑到餐桌旁边,把蛋糕切好,然后喊道:“漂亮姑娘,你过来,这里有世界上最好吃的蛋糕。”

这时,一头狮子从敞开着的窗户外面把头伸了进来。王子一点儿也不害怕这头狮子,因为他想,这一定是我们皇宫动物园里的母狮图希,它从来不会伤人。也许是宫廷饲养员在喂完食物之后没有将狮子笼关好。

可是，漂亮姑娘却非常害怕。她战战兢兢地逃到早餐室最后面的角落。

“你不用害怕，我们的图希很听话。”王子笑着说。可是，他的话音刚落，狮子就从窗户跳了进来，朝早餐室最后面的角落走去。它用两只前爪抓住漂亮姑娘的腰部，用牙齿咬住她的脖子，然后跑到窗前，带着它的战利品跳了出去。

“图希，你疯了吗？”王子大叫起来。他冲到窗前，看见狮子正穿过宫廷花园。这时，狮子身上长出两只蓝色的翅膀，当它越过宫廷围墙的时候，狮子的爪子已经变成了鸟的爪子，身上的毛皮已经变成了鸟毛。狮子完全变成了蓝色大鸟，它用嘴叼着漂亮姑娘，消失在空中。

王子哭了起来。他哭醒了，等他完全清醒之后，他又哭了一会儿。

这时，王子独自一人躺在岩洞里，从洞口射进来一道日光。

王子知道，今天是星期六，但是他没法判定，现在是早晨还是上午。他的肚子饿得咕咕叫，他想，也许现在已经是中午了吧。另外，王子还急着要撒尿。他憋得

一头狮子从敞开着的窗户外面把头伸了进来。

在岩洞里又蹦又跳，可是不管怎样，他都不愿意尿到水里。这样的话，就把漂亮姑娘住的地方搞脏了。肚子饿得咕咕叫，弗兰茨王子也无可奈何，因为那只装食物的篮子悬在水面上，离他睡觉的岩洞太远。弗兰茨王子觉得自己就像在监狱里。

他开始在岩洞里寻找那个羽毛王冠，因为他想，把王冠戴在头上，他肯定会想出逃出“监狱”的办法来。可是，他找不到王冠，它肯定还在漂亮姑娘的小船上。

就在王子决定听从命运的安排，耐心等待漂亮姑娘回来的时候，他发现有一大块软木树皮在岩洞下面的水面漂来漂去。王子不能完全肯定，这块软木树皮能否承受住他，但是尽管如此，他还是跳了下去。

弗兰茨王子啪的一声掉在软木树皮的中央，他抱紧软木树皮，用两腿蹬水，向洞口游去。软木树皮载着王子来到河面。

王子趴在软木树皮上，随波逐流，他先撒了一泡尿，然后朝空中望去。他想看看有没有太阳，也想看看那只蓝色大鸟在不在。没有蓝色大鸟的一点儿影子，太阳已经有点偏西。现在肯定已经是下午了。

弗兰茨王子想：再过几个小时，蓝色大鸟就该躺下睡觉了。希望穿越沼泽能像我戴着王冠想象的那么容易！希望那个粉红色的毛绒玩具熊还活着，这样，漂亮姑娘可就幸福啦！希望我很快就能回到家，这样，我亲爱的父亲和母亲之间就不会爆发战争了！

弗兰茨王子就这样充满忧虑地想着晚上的事，一点儿也没有注意自己随波漂流到了什么地方。突然，他发现自己到了那个由木桩支撑着的木头房子附近。漂亮姑娘的小船就在木头房子旁边，漂亮姑娘坐在船上，怀里抱着那只蓝色大鸟，捋着它的羽毛，正要开始给它讲故事。

弗兰茨王子对漂亮姑娘讲的故事很好奇，他小心翼翼地漂到小船的跟前，在漂亮姑娘背后这一侧的船边，用一只手抓住船舷，在那里偷听。漂亮姑娘开始讲故事：

将来有一天，这里会有两个漂亮的孪生兄弟，他们有胳膊有腿，还有翅膀，翅膀上长着深蓝色的羽毛。他们也有和人一样的头发，金黄色的，闪闪发亮，就像纯金一样。他们长着一只很好看的鸟的嘴巴。他们的身上，从脖子一直到脚趾都覆盖着深蓝色的羽毛。他们能跑能飞，还会游泳。这个国家将来就是他们的。夏天，他们住在水宫里；冬天，他们住在岩洞里。他们彼此都很喜欢对方，每天都很幸福。

直到三十岁生日之前，他们压根儿就不知道在这个世界上还有痛苦和烦恼。在他们三十岁生日这一天，从邻国来了很多人，全是普通的人，既没有翅膀和羽毛，也没有鸟的嘴巴。他们说，他们觉得自己的国家太小，他们从现在起也要拥有这个国家，如果有人想阻止他们，就把他杀死。

孪生兄弟要想对付这么多的人，实在是无能为力。

这些普通的人盖了许多房子，修建了街道和桥梁，还建造了公园，很快就出现了两个真正的城市，一个在河的右岸，另一个在河的左岸。所有普通的人都嘲笑这两个孪生兄弟。他们说，这两个孪生兄弟多么滑稽啊！既不像人，也不像鸟，一定是大自然的疏忽，造出了这两个怪胎。

他们要捕捉这两个孪生兄弟。为此，他们张起了许多巨大的网。最后，他们从河里网上来了一个，又从树上捕到了一个。他们把孪生兄弟中的一个带到河右岸的城市，把另一个带到河左岸的城市。他们在城里的中心广场建造了两个木头做的笼子，把这两个孪生兄弟关在里面。

他们说，这是为了他们的孩子们，让他们亲眼看看这两个大自然的怪胎，是很有教育意义的。

可是，就在第一天的夜里，在午夜之前，这两个孪生兄弟就用嘴把鸟笼啄开了。对于他们那厉害的嘴巴，这还不是区区小事！他们在漆黑的夜里四处乱飞，寻找彼此。他们一边找一边想：我这副模样，一到早晨立刻就会被人发现，又会被抓住关起来。笼子会变成用铁条做成的，我的嘴巴不可能把铁条啄断。因此，孪生兄弟就想：要是我把自己的翅膀和羽毛撕下来，那就没有人能够立刻认出我来了！

于是，他们开始做这件痛苦的工作，当太阳升起来的时候，他们已经把身上的羽毛拔光了，只有背上的两个有血迹的地方还可以看出，这里曾经长着翅膀。金黄色的头发，也被他们用嘴巴咬短了，但是对那张鸟的嘴巴，他们一点办法都没有。不过，只要把头低下，躲在影子下面，鸟嘴和人的大鼻子，看上去几乎没有什么区别。

河右岸城市的那个孪生兄弟在一家客栈门前看见一个醉鬼在那里睡觉。他把醉鬼的衣服、裤子、鞋子全都脱了下来，然后自己穿上。

河左岸城市的那个孪生兄弟没有那么幸运，他不得不撬开一所房子的门，从衣橱里偷了一些衣物。

早晨，两个孪生兄弟走在城市的大街上，没有人认出他们。他们彼此寻找了好几天，但是都没有找到对方。最后，他们决定离开城市，到这个国家的其他地方去找。河右岸城市的那个孪生兄弟，来到一座桥下，想休息休息。河左岸城市的那个孪生兄弟，也来到了这座桥上，他从桥的栏杆俯身向水里看。他看见了他的孪生兄弟,甚至向他说了“早上好”，可是，他并不知道，他的孪生兄弟也把身上的羽毛拔掉了，也把翅膀撕下来了，也把毛发咬短了，所以，他并没有认出自己的孪生兄弟。坐在桥下的孪生兄弟，也在寻找一个留着金发、浑身覆盖着漂亮的羽毛、长着一对翅膀的人,因此也只是冲着桥上的可怜人嘟囔了一声“早上好”。然后，两人又都继续寻找对方，一天又一天，一年又一年。他们越来越衰老，两人相遇过上百次，但是都没有认出对方。

只要他们没有死，他们就仍然这样东寻西找，永远都在寻找对方。他们为了对方洒下了许多痛苦的泪水，凡是他们的泪水落下的地方，都会立刻开出一株深蓝色的小花，在花旁边的叶片上有许多细细的金线。人们把这种小花叫作“兄弟情谊”，但是他们不知道，这个名字是多么贴切啊。

当漂亮姑娘把这个故事的悲惨结尾讲完的时候，蓝色大鸟已经睡着了，它躺在漂亮姑娘的怀里，用一个翅膀盖住自己的头。漂亮姑娘小心谨慎地把蓝色大鸟抱起来，放进木头房子，在她站起来的时候，小船猛地左右

他们在连接两岸的桥边相遇。

晃荡，王子从水里被拖了上船。

“你真是一个做事轻率的王子，”漂亮姑娘小声地说，“你就一点儿也不害怕大鸟吗？”

“我也害怕，”王子说，“不过，它现在睡着了。”

“这倒也是。”漂亮姑娘轻声地说，然后坐下，操起了船桨。王子注意到她是想朝岩洞的方向划，他说：“我们现在就赶紧逃吧！时间越多，对我们越有利！”

“我必须先回一下家，”漂亮姑娘说，“我要把老鼠皮的被子和羽毛枕头带上。在盛食物的篮子下面，我还有一个装着首饰的小布袋，都是些很值钱的东西。每次过生日，大鸟都要送给我一件首饰。我每年要过十三次生日。”

“这些东西你不能带，”弗兰茨王子说，“我们不可能带着这么多的东西走过沼泽。我们必须空着手，才能走过沼泽。”

“可是，我很喜欢这些东西。”漂亮姑娘撇起了嘴，似乎立刻就要哭起来。

“你肯定更喜欢你的那个粉红色的毛绒玩具熊！”王子说，“枕头和被子，你在什么地方都可以得到！”

“首饰也能得到吗？”漂亮姑娘问。

“首饰也能得到！”王子答道，尽管他也不能肯定。他的父母虽然有很多首饰，可是他们对这些首饰都视若生命，锁在首饰盒里，钥匙始终挂在脖子上。每个星期日，他们都要把自己的首饰翻出来数一遍。他们从来没有送过别人任何一件首饰。

“要是这样，那好吧。”漂亮姑娘说，“我们现在就逃走吧！”

漂亮姑娘把船桨放进水里，片刻之间，就来到了有芦苇的一侧岸边，她将小船划进芦苇丛，直到小船在水草和烂泥中间划不动为止。

“现在怎么办？”漂亮姑娘问。

弗兰茨王子拿起一把船桨，平放在全是水草和烂泥的沼泽地上。

“我们站在船桨上，朝岸边走。”王子说，“船桨是木头做的，可以承受住我们，不会陷到沼泽里。”

“可是，船桨已经到头了，”漂亮姑娘说，“沼泽地却还没有到头。”

“你说得不错，”王子说，“但是，我们还有第二把船桨。”

“但是，船桨太细，”漂亮姑娘说，“要是我踩滑了怎么办？”

“那你就抓紧水草，”王子说，“水草很有韧性，可以承受得住。”

王子将那把还在船上的桨拿起来，夹在胳膊下面，握住漂亮姑娘的手，然后小心翼翼地从船上跨到平放在沼泽地上的那把船桨上，先迈出一只脚，感觉到船桨在他的重量压上去后一点也没有晃动，就把漂亮姑娘也拉了过来。他们就这样一步一步地向前移动。他们并不需要靠水草保持平衡，就走到了船桨的另一头。王子将夹在胳膊下面的另一把船桨放在沼泽地上，漂亮姑娘紧跟着他。

“现在你把后面的那把船桨递给我，”王子说，“你要抓紧水草，不然的话，你就会失去平衡。”

漂亮姑娘抓住后面的那把船桨，小心谨慎地贴着她站在上面的那把船桨的边，向前推去。弗兰茨王子把船桨放在他们的前面。他们俩就这么相互配合，出了一身的汗，气喘吁吁，一次又一次，最后终于感觉到脚底下是土地了，而不再是会陷进去的沼泽。

王子躺在地上，放声大笑，摸着柔软的绿茵茵的草，说：“感谢那顶王冠！我们终于成功啦！”

漂亮姑娘坐到王子旁边的草地上，问道 :“我的那个可爱的毛绒玩具熊在什么地方呢？”

王子指着一片森林，说 :“我们从那里开始寻找。”

漂亮姑娘叹了口气，说 :“我真的不习惯走路，我毕竟是在船上长大的。我脚底的皮很薄。”

漂亮姑娘把两只光脚丫子翘在王子的鼻子下面，说 :“从船桨上走过来，就已经全是水泡啦。”

弗兰茨王子并没有在漂亮姑娘的脚底板上看见真正的水泡，不过他也看出来，她的脚的确很嫩，不可能经得住穿越树根、石块、荆棘、荨麻行走。

“我把我的鞋子给你穿上。”王子建议道。

“我这一辈子脚上还从来没有穿过鞋子。”漂亮姑娘说，“对于这种东西，必须先适应才行，否则，迈出第一步时就会摔倒。”

“那我就只好背着你了！”弗兰茨王子叹了一口气，说道。

这个建议倒是正合漂亮姑娘的心意。王子站了起来，想把漂亮姑娘背到背上。他说 :“你得爬到我的背上去。”他半蹲下，好让漂亮姑娘爬到自己的背上。王子重新站直，背着漂亮姑娘朝森林走去。漂亮姑娘要比王子高一截子，她在王子肩上晃来晃去，几次都让王子几乎失去平衡。最后，王子被一个树根绊了一下，终于彻底失去平衡，摔倒了。漂亮姑娘摔在了草莓丛里，胳膊和腿上都被划破了。漂亮姑娘哭了起来，没完没了地抽泣。

弗兰茨王子竭力安慰漂亮姑娘，一边抚摸着她，一边口里念叨着愿神赐福，往被划破的地方吹气，他还把漂亮姑娘眼里流出的眼泪擦干。当太阳快要下山的时候，他终于让漂亮姑娘平静了下来。但是，漂亮姑娘怎么也不肯再爬到他的背上去,她也不肯自己走路。这样一来，她没有可能移动一步。

王子只有一个办法。他从裤子口袋掏出一把刀，从一棵柳树上割下来许多长长的柳条。他把柳条编成了一个垫子，长度和宽度正好适合漂亮姑娘舒舒服服地躺在上面。

“来吧，你躺上去，”王子对漂亮姑娘说，“我来拖着你走。”

漂亮姑娘躺在垫子上,又向王子要了一些柔软的草，垫在自己的头下面当枕头，然后才让王子拖着走。

弗兰茨王子这辈子还从来没有拖过这么重的东西。汗水顺着他的额头往下流，因为要使出很大的力气，他满脸涨得通红，就像一只西红柿，呼吸沉重，步履艰难，两个膝盖颤颤巍巍，他好几次都觉得，一步都走不动了。但是，他没有泄气。天色渐渐暗了下来，夜幕降临，王子在月色下拖着沉重的垫子，步履艰难地朝森林走着。漂亮姑娘早就已经进入了梦乡。

天蒙蒙亮的时候，王子终于来到了森林。他使出最后的力气，把垫子拖到一棵树下，筋疲力尽地扑通一声坐在漂亮姑娘旁边的长满青苔的地上。漂亮姑娘醒了，打着哈欠，一边揉着眼睛，一边问："我们总算到了我亲爱的毛绒玩具熊身边了吗？"

"我稍微眯一会儿，然后我们去找你的毛绒玩具熊。"王子嘟嘟囔囔地说。

"不行，你现在就去找！"漂亮姑娘大声喊道，"我是多么想念它啊！"

王子打着哈欠，叹着气，艰难地爬了起来。他实在是太累了，跌跌撞撞，踉踉跄跄，就像一只刚刚冬眠醒来的苍蝇。

"你怎么啦？"漂亮姑娘问。

"我很累，"王子说，"我拖了你整整一夜！"

"不要这样装模作样的！"漂亮姑娘高声笑着说，

“我也没有这么重啊！大鸟经常用嘴叼着我飞，它总是那么精力充沛。”

漂亮姑娘从垫子上站起来，把两只手在嘴巴前握成喇叭状，朝着森林高喊：“毛绒玩具熊，亲爱的粉红色毛绒玩具熊，你真的还活着吗？你在哪儿？你的漂亮姑娘来找你啦！”

在过去几棵树的地方，地上的树叶发出一阵簌簌的响声，一只粉红色毛绒玩具熊从树叶中爬了出来，从身上抖掉了一些枯萎的树叶。它细声细气地说：“啊，是你呀，我亲爱的漂亮姑娘，你终于来啦！我快彻底绝望了。”

毛绒玩具熊指着一棵上面有许多刻痕的树干说：“树叶每落一次，我就在树上刻一条痕。我已经等了你好多年啦！”

弗兰茨王子试着数了数树干上的刻痕。可是，刻痕太多，王子又实在太累，没有力气数。当他数到33的时候，他的眼皮终于合上了。他想：他们俩庆贺幸福重逢的时候，我大概可以休息休息。两个相互喜欢的人，是不需要第三者的。

就这样，王子睡着了。

弗兰茨王子被很响的哭泣声吵醒了。他惊愕地爬了起来。粉红色的毛绒玩具熊蹲在他的旁边，哭得上气不接下气。漂亮姑娘不见了。

“出了什么事？”王子问道。

“我真是不幸啊！”毛绒玩具熊一边哭着说，一边用一只爪子指着天上，在树梢之间可以看见一小块蓝天。在很高的空中，那只蓝色大鸟仍然依稀可见。在它的四周有一圈金色的光环。这一定是漂亮姑娘的头发，在随风飘舞。

“啊，天呀，”弗兰茨王子说，“这个大鸟怎么会发现我们的呢？我们是在树底下呀。”

“不是它发现我们的，”毛绒玩具熊哭着说，“而是她喊来的。她爬上了那棵最高的树，把大鸟喊来了！她的声音很响，大鸟很快就到了。”

毛绒玩具熊用爪子把流到嘴边的眼泪鼻涕擦掉，然后继续说：“她对大鸟说，夜里刮起了大风，把她从小船里卷了起来，吹到了这棵树上。”

“漂亮姑娘为什么要这么做呢？”王子感到疑惑不解。

毛绒玩具熊擦掉眼泪，止住了哭泣。“因为我的家只是一个地洞，”它声音低沉地说，“我没有羽毛，做不了枕头。我也不会抓老鼠，做成老鼠皮的被子。我也不知道，从哪儿去为她每年十三个月的生日弄来首饰。”

“可是，她喜欢你呀。”王子仍然感到疑惑不解。

毛绒玩具熊耸了耸肩膀，说道：“她在爬上树之前对我说，在这里能够得到的最好的丈夫，可能就是大鸟。她要我不要怪她，让我向你问好。”这时，毛绒玩具熊又哭了起来，哇哇大哭，连话都说不出来了。

“你跟我走吧，毛绒玩具熊，”王子说，“我家里也有许多漂亮的姑娘。肯定会有一个喜欢上你的。”

毛绒玩具熊摇了摇头，继续哭。

“难道你想独自在这里待一辈子吗？”王子问。

毛绒玩具熊点了点头，低声说：“我太倒霉啦，这就够了。”它说完就钻进了树叶堆，立刻就消失了。

弗兰茨王子跳了起来，追到他看见毛绒玩具熊消失的地方，用双手扒开树叶，大声喊道：“毛绒玩具熊，亲爱的毛绒玩具熊，你不要走！不要把我一个人留下！我们俩在一起，可以渡过难关。”

这时，从一棵树的后面闪出来了一个男人。他长得瘦瘦高高的，穿着黑色的大衣，戴着黑色的帽子和黑色

这时，毛绒玩具熊又哭了起来，哇哇大哭，连话都说不出来了。

的眼镜。“你和我在一起，也是两个人。”他说着一把抓住了王子的衣领。

弗兰茨王子竭力想挣脱出来，但是这个又瘦又高的男人比他有劲得多，手一点儿也不放松。他还说：“小王子，你就安静点吧。”

“你怎么知道我是什么人呢？”弗兰茨王子问。

“人人都认识你。”又瘦又高的男人说，“你知道吗，你从水上漂走之后，你的父母发了多大一场火。他们让人在所有国家发放了你的照片，张贴在墙上，在照片下面写着，找到你的人应该尽快把你送回去。”

“您送我回家，这太好啦。”弗兰茨王子说，“但是，我不喜欢别人抓住我的领子。请您松开！”

“好，好，好，”又瘦又高的男人说，“王子都是难伺候的主！”他松开王子的衣领，用手抓住王子的胳膊，拉着他走出森林。“这样舒服一点吗？”他问。

“不舒服，”王子说，“我更愿意自己走！”他两腿又蹦又跳，两手挥来舞去。

“你自己走，时间太长。”又瘦又高的男人说着，拔腿就跑。

“我们什么时候可以到我父母家？”王子问。

又瘦又高的男人没有回答。他飞快地跑过森林和一片片收割过的田地,就像身后有几千个魔鬼在追他似的。他跨过一条小溪，穿越过一片长着覆盆子的地。

“您要当心一只蓝色的大鸟,”王子说，“它会杀死任何它看见的人。”

“自作聪明的小家伙,”又瘦又高的男人说，“你以为，我为什么要这么玩命地跑？是为了穷开心吗？要是这样，我可以想出更好的事情！”又瘦又高的男人指了指前方,“已经出现城市了，我们很快就可以进入安全地带！”

“我被您的胳膊夹得都快透不过气来了。”王子呻吟道。

“是啊，小王子大概只适应舒舒服服的运输方式。”又瘦又高的男人说完，大声笑了起来，笑的声音听上去很不友好。

弗兰茨王子想:我觉得，这个家伙不喜欢我。但是，只要他把我带回家，管他喜欢不喜欢我呢!

当他们可以看见城市中的房子时,天开始下起雨来,到了城边的第一排房子跟前，已经是瓢泼大雨。

“下雨对我正合适,”又瘦又高的男人喃喃自语,“下雨，就不会有任何人上街了。”

“天要是这么暖和，我也喜欢下雨。”王子说，“我不明白，为什么人们都不愿意被淋湿，下雨是很有乐趣的事！”

“把你的嘴闭上！”又瘦又高的男人吼了起来，“你的胡言乱语让我心烦。”

弗兰茨王子不再吭声，他觉得受到了侮辱。在他当王子的年轻的一生中，还从来没有人让他闭上嘴巴。

又瘦又高的男人跑到城边的一棵大树下，把王子放下，从大衣口袋掏出一顶毛线帽，然后对王子说：“把帽子戴上！”

弗兰茨王子不愿意戴上帽子，因为一点儿也不冷。雨水滴滴答答地落到他的鬈发上，一点儿也不影响他什么。他摇了摇头。对一个命令他闭上嘴巴的人，他不愿意再讲一句话。可是，这个又瘦又高的男人根本不理王子摇不摇头，直接把帽子扣在他的头上，再拉下来遮住了他的眼睛、鼻子、嘴巴，连下巴都看不见。

弗兰茨王子想把帽子从头上拽下来，又瘦又高的男人却已经又把他拎了起来，夹在了胳膊底下，继续开始奔跑。可怜的王子就像被一把老虎钳夹住了，他只能使劲地用脚踢，可是什么也踢不着，连又瘦又高的男人的边儿都碰不到。因此，王子决定重新和这个又瘦又高的男人说话。他瓮声瓮气地说："我什么也看不见！"

"要的就是让你看不见！"又瘦又高的男人说。

"这是为什么？"王子问。

"为的是不让你这个自作聪明的小家伙以后讲出去，你到过什么地方。"又瘦又高的男人答道，又阴险地笑了起来。

"我为什么不能讲呢？"王子问。

又瘦又高的男人不再回答王子的问题。他很快也不跑了，甚至停了下来。

弗兰茨王子听见门铃响起来，嘈杂的脚步近了，门发出嘎吱的声音。他想：现在我到了一所房子跟前，这个家伙按了门铃，有人来开了门。

肯定就是这样，因为有一个阴沉的声音说："干得漂亮，兄弟！他在什么地方？"

"找到他，还不是小事一桩。"又瘦又高的男人说，"我是在蓝色大鸟的王国抓到他的。在边境的森林里。"

"有人看见吗？"阴沉的声音问。又瘦又高的男人说："我路上只遇到过一个人，他撑着一把雨伞，从伞下面根本就看不见任何东西。”

“这就好，”阴沉的声音说，“我们最好把他放到地窖里去。”

“这正是小王子的合适住处。”又瘦又高的男人说着阴险地笑了起来，他走了几步，弗兰茨王子又听见门的嘎吱声。他感觉到在下楼梯。这是一个很陡的楼梯。

“不要这样！”王子大声喊道，“我不要去地窖。我最恨地窖！”

“我们的小王子可要尿裤子啦！”又瘦又高的男人幸灾乐祸地说。

“我们反正无所谓，”阴沉的声音说，“地窖有门，骚味到不了我们上面。”

又瘦又高的男人把王子扔在地上。弗兰茨王子扑通一声落在地上，把帽子从头上拽了下来。这里不怎么亮。在一面墙的最上方有一扇很小的窗子，一线亮光从窗子射入地窖。

在朦朦胧胧的光线下，王子看见这个又瘦又高的男人和他身后的一个又矮又胖的男人，正朝楼梯上面走。他跳了起来，想追上他们俩，可是还没有等他跨上第一个台阶，地窖的门就关上了。

“把门插上！”弗兰茨王子听见那个又矮又胖的男人阴沉的声音，接着就听见一阵沉闷的响声，然后脚步声越来越小了。门“砰”的一声关上之后，一点儿声音都没有了。

弗兰茨王子坐到最下面一层楼梯台阶上，眼睛慢慢地适应了昏暗的光线。他看见，地窖的墙是用巨大的灰色石块砌成的，地上铺着黑色的小石块。那扇小窗户有一道铁丝网隔栏。他看见，楼梯上站着一只动物，它的样子有点像仓鼠，也有点像海狸，还有点像田鼠。但是，它肯定不是这三种动物，因为它长得几乎和王子一样高！

弗兰茨王子吓了一跳，他僵直地坐在那里，动都不敢动一下。

“不用害怕，”这只动物说，“我不想伤害你。”

“你是谁？”王子问。他的声音颤抖得很厉害。

“我是这里的家畜。”这只动物说，“建造这座房子的时候，我就搬进来了，已经很久很久了。房客搬进搬出，但是我始终住在这里。”家畜咯咯笑着说：“他们根本就不知道，这里还住着我！”

“你是怎么从插上的地窖门进来的呢？”王子问。

他的声音还有一点颤抖。

“我不走人走的门，”家畜说，“我有自己的通道！”它用爪子指着楼梯边的墙，在墙上的石块之间，有一道很窄的缝。家畜咯咯笑着说：“这条通道还是我年轻的时候挖的，那时候我很苗条，现在我老了，变胖了，我过这条通道也觉得很挤。要是我再胖一些，我就只好把它挖宽。”

家畜从楼梯走下来，也坐在王子旁边的最下面一层楼梯台阶上。

“你浑身都湿透了，”家畜说，“这样你会感冒的。这里很冷。”

“感冒，我倒不怎么担心。”王子说，他的声音完全不颤抖了，“要是我知道这两个家伙准备把我怎么办就好啦！”

“这我可以告诉你。”家畜把一只爪子放在弗兰茨王子的肩膀上，说，“在这座房子里说的任何话，都逃不过我的耳朵。”

“那就请你告诉我吧。”王子恳求地说。

“这可不是什么好听的故事。”家畜叹了口气。

“知道将会发生什么事，总是好一些吧。”王子说。

他看见，楼梯上站着一只动物。

家畜开始叙述："这个又瘦又高的男人和那个又矮又胖的男人是兄弟俩，又瘦又高的叫汉斯，又矮又胖的叫卡尔。这是两个骗子，从来没有正正经经地挣过钱。他们干的净是不正当的事，不过在此之前，干的只是小坏事，因为他们俩很笨。昨天，他们回到家后说，他们很快就要发财了。他们利用你可以挣满满两箱子金币。他们要是干得巧妙，可以从国王那里得到满满一箱子金币，再从王后那里得到满满一箱子金币。"

"是作为把我送回家的奖赏吗？"王子问。

"可惜不是，"家畜说，"虽然你的父母是要奖赏找到你并且把你送回家的人，但是，他们答应的赏金只是一小布袋金币。这两个骗子觉得太少。他们想要你父母的所有金银财宝。因为你是你父母的全部幸福，如果必要的话，他们真的会愿意为了你交出去他们所有的财产。"

弗兰茨王子点了点头。

家畜继续说："汉斯将去和你的父亲谈判，卡尔将去和你的母亲谈判。你父亲当然不会知道，有人也在和你母亲谈判，你母亲当然也不会知道，有人也在和你父亲谈判。因为他们的关系彻底破裂了，相互根本不再说话。双方都指责对方应该对你被河水冲走负责。所以，他们俩都会付钱，并且以为这样就可以得到你。”

“那我就在地窖里干等着这两个坏东西把我父母的所有金币都骗光吗？”王子气愤地说。

家畜忧心忡忡地朝王子点了点头，摸了摸他的脸，叹了口气，说：“我担心，即使这样，他们也不会放了你。他们会把你交到什么地方去呢？是交给你的父亲还是交给你的母亲？再说，你看见了这两个骗子的脸，会认出他们来。这对他们来说太危险。汉斯起先同意只要收到钱，就把你放了。但是，卡尔不愿意。他锁上地窖门的时候说不能冒险。什么事总是卡尔说了算。”

“他们要杀了我吗？”弗兰茨王子浑身起了鸡皮疙瘩，从额头到脑后勺，再从脊背一直到脚后跟。

“他们是要杀了你，”家畜说，“但是，我要阻止他们！”家畜站了起来，说：“我们有足够的时间。这两个骗子在上面写信。一封写给你的母亲，一封写给你的父亲。他们写东西可费劲啦，每写一个句子都需要足足一个小时。所以，他们这段时间肯定没有时间来管你。”

家畜把王子拉了起来，走到墙的裂缝前面，说：“我走在前面，否则你会走失的。”

王子跟在家畜后面挤进了墙的裂缝。这条家畜通道不仅很窄，而且也很低。不一会儿，王子就不得不用四肢在地上爬行。一会儿上坡，一会儿下坡，但是，总的来说，更多的时候是在上坡。

家畜在王子前面爬，粗声粗气地说："我们必须到房顶上去。我自己平时可以从我的通道爬上去，但是你没有爪子，我们要绕到底层的楼梯，所以一定不要发出任何响声，明白了吗？"

"明白啦！"王子答道，继续跟着家畜往前爬。

"我们就要到了，"家畜说，"我已经看见了一线亮光。"

"我什么都没有看见，"王子说，"我这里还是漆黑一团。"

"我的屁股把通道全堵上了，"家畜"哧哧"笑着说，"现在的路很陡，你抓住我的尾巴，我拽你上来。"

弗兰茨王子抓紧家畜的尾巴。通道像蜡烛一样垂直向上，很窄很窄，窄得王子都觉得自己快要窒息了。接着猛的一冲，王子突然一下子从墙缝通道里被拖了出来。

弗兰茨王子坐在过道的地板上，家畜蹲在旁边低声地说："快把我的尾巴松开！"

弗兰茨王子松开家畜的尾巴，朝四周看了看。过道里有一扇门，门开着一道缝，可以看见汉斯和卡尔。他们俩坐在桌子边上，手里都握着一支笔。

“你写到什么地方啦？”卡尔问。

汉斯读了他写的东西：“亲爱的王后陛下，我们绑架了您的王子……”

卡尔说：“你要写上，我们愿意用王子换她的金币，让她不要对国王和其他任何人提这件事，让她在某某时候，把金币送到某某地方。要是坏了事，我们就杀了王子！我们然后再通知她，在什么地方领王子。”

“我想过了，我们根本就不能把王子送回去。”汉斯说。

“但是这可不能让王后知道。”卡尔说。

“这当然啦！”汉斯说。

卡尔说：“那就快写吧！”

“不要催我，”汉斯说，“你自己只写了一个字母！”

家畜拉着王子上了楼梯，它小声地说：“当心！第三个台阶和第五个台阶会嘎吱嘎吱响的。”

王子轻轻地走过了第三个台阶，可是，当他小心翼翼地把脚跨上第五个台阶时，却发出了嘎吱嘎吱的响声。

“喂，你听见了吗？有动静！”汉斯大声地说。

“别大惊小怪的，这个破房子总是到处在嘎吱嘎吱地响。”卡尔说。

“我最好还是出去看看吧。”汉斯说。

“快走！”家畜小声说道，“嗖”的一下蹿上了楼梯。弗兰茨王子磕磕碰碰地紧跟其后。当他们来到一楼的时候，听见卡尔的声音：“待在这里，汉斯！什么都没有。你只不过是想逃避写信罢了。”汉斯说：“不是这么回事儿！你总是对我这么不公正。”

家畜小声对王子说：“我对你说过吧，这两个骗子非常愚蠢。”

家畜把王子领到阁楼，把他藏在最里面的角落里，周围堆放着许多杂物。

“无论如何，你必须在这里待到晚上。”家畜说。

“这对我来说不是什么问题。”王子说着叹了口气，“我想知道，我怎么才能从这里逃走呢？”

“这你就不用操心啦，”家畜说，“有许多种可能性。最简单的就是乘着会飞的枕头离开这里。”

家畜推开几个落满灰尘的盒子，打开一个很古老的箱子。“很不错，”他喃喃自语，“什么东西都应该保存好，绝不应该扔掉。”

家畜在箱子里翻腾了很久，最后拖出来一只羽毛枕头。这只枕头又破又脏。家畜拍了拍枕头，灰尘立刻飞扬起来。

“这个会飞的枕头，”家畜说，“属于建造这座房子的那个人。他是从他的叔叔那儿继承下来的。他以为是一只普普通通的枕头，就把他放在床上用。他枕着它睡了半个世纪，却不知道自己枕着的是一个会飞的枕头。”家畜“哧哧”地笑了起来，“他始终以为，他只是在梦里周游世界。其实，他每天夜里都在飞。晚上从窗户飞出去，早晨从窗户飞进来。只有一次，夜里风把窗户吹得关上了，第二天早晨，他醒来的时候，发现自己躺在房子的门前。他一辈子都没有搞清楚，他怎么会睡到门外去的。邻居们都以为他是个梦游者。”

弗兰茨王子怀疑地看着这只破破烂烂的枕头，半信半疑地问：“这怎么可能呢？”

“这很简单！”家畜把会飞的枕头放在地板上，自己坐了上去。它打了一个哈欠，一只爪子捂住嘴，说道：“晚安！”枕头飘了起来，转眼之间，家畜和枕头就飞上了阁楼的顶部，在木梁和蜘蛛网之间飘荡。家畜又打了一个哈欠，一只爪子捂住嘴，说道：“早上好！”就像升上去时那样，会飞的枕头很快又回到了地板上。

“明白了吗？”家畜问。

“明白啦！”王子答道。

“但是，只有等外面天黑了，你才可以飞。”家畜说，“否则，那两个骗子就会看见你，用枪把你从天上射下来。”

家畜又给王子找来一个苹果和一把夜壶。它答应，每个小时过来看看，报告新的动向，然后就钻进了壁炉边的墙上的一个洞里。

弗兰茨王子坐到会飞的枕头上，吃了半个苹果。他饿得可以吃掉十个苹果，但是他想：也许夜里我必须在空中飞很长时间，留半个苹果肯定会有好处的。

过了一会儿，王子听见房子里有很大声的动静，吵闹、关门、骂人。他想：他们现在肯定是发现地窖空空荡荡，正在到处找我呢！

他的心“扑通扑通”地跳，又起了一身鸡皮疙瘩，从额头到后脑勺，在从脊背一直到脚后跟。

这时，家畜来到他的身边，把一只爪子放在他的肩上说：“不要害怕！我都安排好了。”

“怎么安排的？”王子问。他的声音有些颤抖。

家畜“哧哧”地笑着说：“他们先是下到地窖，然后又上来，再下去，他们就这样上上下下，来来回回跑个不停，一边大声咆哮，说不可能发生这种事，你一定是藏到什么地方去了。当他们又下到地窖的时候，我把门关上了，把门闩闩上了。现在他们被关在了里面！而且被关得严严实实。”

“要是他们发现了墙上的通道怎么办？”王子问。他显然还没有完全平静下来。

“第一，他们太笨，发现不了这个通道，”家畜说，“第二，汉斯个子太高，卡尔又太胖，他们都进不了通道。”

王子这下子彻底放心了，说：“亲爱的家畜，现在我可以离开这里了吧，而且干脆就走大门。你知道，坐在这只旧枕头上，飞在空中，我真的不怎么放心。”

家畜摇了摇头，说：“这不行，房门是锁着的，钥匙装在卡尔的衣服口袋里。”

“那我就从窗子爬到底层去。”王子说。

家畜又摇了摇头，说：“我建议你也不要这么做，这个城里住的都是骗子，他们比这两人好不了多少！要是有人认出你来，那么等待你的就是同样的遭遇。到那时，我也帮不了你了！”

弗兰茨王子认识到他不得不听家畜的劝告，它毕竟比他更了解这里的情况。因为他已经非常累了，在这堆杂物中间又有一张床，上面有枕头和被子，因此他就说：

“那我就上床休息吧。”

家畜拦住王子说道：“别碰床！我把你从地窖里救出来，不是为了让你在这个梦幻洞里堕落的！”

家畜从破烂堆里拖出一张地毯，把它铺平了，说道：“躺在这上面也挺好。它比任何一条被子都暖和！”

弗兰茨王子躺在地毯上，家畜躺在他的身边。

“什么是梦幻洞？”王子问道。家畜回答说：“没有进去过的人都不知道，进去过的人再也不可能问出来了。我只知道阿加特的故事。”

“你可以讲讲这个故事吗？”王子问。家畜开始讲述：

很久以前，在这个房子里住过一对男女骗子，他们通过行骗，弄来了足以奢侈地过上一辈子的东西，可是他们缺少一样周围的骗子都有的东西：孩子！女骗子无论如何都想要一个孩子。她每天都向男骗子抱怨，没有孩子她感到不幸福。

所以男骗子决定去骗来一个孩子。一天早上，他去邻近的城市，晚上回来的时候，推了一辆童车，车里坐着一个非常漂亮的小女孩，她长着一双蓝蓝的眼睛和一头金黄色的鬈发。

“多么漂亮的孩子啊！”女骗子高兴地说，“我们自己是肯定生不出来的！”她从童车里抱起小女孩，把她贴在胸前，亲吻她的金色鬈发，这对男女骗子给小女孩起名叫阿加特，因为在童车的枕头上绣着一个大写字母A，在所有以A开头的名字中间他们最喜欢阿加特。

但是随着阿加特的到来，苦恼开始进入这个房子。阿加特越长越漂亮，但是却丝毫没有生活的快乐，她只愿意躺在床上睡觉。只要这对男女骗子每天不把她从床上抱起来让她走路，她自己就绝不会起床。只要有片刻时间不看着她，她就会重新回到床上。她只会说一句话：“让我睡觉，让我做梦吧！”

每次男骗子和女骗子进她的房间，看见的阿加特只是几缕在被子下面闪烁的金色头发，因为阿加特在睡觉和做梦的时候，总是把被子拉上来盖住耳朵。

为了使阿加特振作起来，男骗子和女骗子想尽了一切办法。他们给她弄来漂亮的衣服，还在床上挂了一把小提琴，还有玩具、书和画画的颜料。但是阿加特对衣服和音乐丝毫不感兴趣。她也不愿意玩玩具，不愿意看书，不愿意画画。只有一次，当男骗子给她带来一个银质的袖珍鸟笼，里面有一只蓝色的小鸟，她似乎才高兴起来，不反对把这个鸟笼挂在她床的上方。她甚至每天主动起来给鸟喂食，可是她一喂完食，立刻又回到了床上。

男骗子和女骗子听说有一位名医来这个城里巡诊，他们就去找他，请这位医生给他们的孩子检查检查。她肯定是得了一种还没有被人们发现的怪病！

医生让男骗子和女骗子到房间外面去，然后开始给阿加特检查。他用听诊器听见了一种轻微的特别的旋律，他再仔细听，发现这个旋律不是来自阿加特的身体，而是来自床垫。

医生听了听床垫，在床垫的一个地方，听诊器被吸在了床单上，拿不下来了。

“这是怎么回事儿？”医生用两只手抓住听诊器想把它拽起来。这时在听诊器的下面出现了一个洞，听诊器滑了进去。医生惊恐地松开听诊器，可是他的手怎么也挪不开。他的两只手也被吸进了洞里，接着是他的胳膊，他的肩膀。

阿加特蹲在旁边，一动不动，静静地看着医生的脑袋、身躯、他的两条腿都消失在了洞里。当只剩下鞋尖的时候，她把枕头放了上去，又躺了下来，把被子拉到耳朵上面继续睡觉。后来，男骗子和女骗子走进房间，掀开被子问道：“医生上哪儿去了，亲爱的孩子？”

阿加特连眼也没睁，嘟嘟囔囔地说："从窗子走了！因为他不想告诉你们坏消息。"

男骗子和女骗子脸色煞白，嘴唇颤抖："他发现了什么？"

"他发现，我活着只能躺在床上。"阿加特嘟嘟囔囔地说，"只有在给鸟喂食的时候我才可以起来。"

男骗子和女骗子流下了眼泪，蹑手蹑脚地走出房间，伤心地哭了好久。

从此他们就不再强迫她起床。有一天，男骗子给阿加特送来早饭，没有看见被子下面的一缕缕金黄色的头发，他掀开被子，发现床上是空的。

他惊讶地坐在床边，不知道发生了什么事。他坐在那里，两只胳膊撑在床上，突然感觉到有人猛拉他的右手。他还没来得及阻止，他的右手就被拉到了枕头的下面。

"这是干什么？"他高喊着，用左手抓起枕头，他看见他的右手一直到手关节处已经插进了床垫里面。他还没来得及真正感到惊奇，他的胳膊也已经被吸入床垫里，接着是肩膀和脑袋，最后整个人全都消失不见了。当只露出他的鞋尖的时候，衣橱的门开了，阿加特从里面出来，把枕头扔在鞋尖上面，自己躺到床上，把被子拉上来盖住耳朵，开始睡觉。

女骗子走进房间，掀起阿加特的被子，问道：“亲爱的孩子，你爸上哪里去了？”

阿加特连眼也没睁，嘟嘟囔囔地说：“从窗子走了！他不愿意待在这里，他到很远的地方去了！”

女骗子流下了眼泪，蹑手蹑脚地走出房间，伤心地哭了。

从此女骗子不得不独自行骗，她整天都在外面，晚上回到家的时候总是精疲力竭。有一天晚上，她给阿加特把饭送到床边，她因为劳累打了个哈欠，阿加特说：“你要是累了的话，可以在我的床上休息休息。”

女骗子很高兴，阿加特还从来没有这么友好地对她说过话。她钻进了阿加特的被子，过了不到一分钟，阿加特掀开被子，从床上跳了起来。

床上只剩下女骗子的发卡，是她用来扎辫子的。

阿加特拿起发卡，扔到了窗子外面，大声地说：“我现在自由了！”她从天花板的钉子上摘下鸟笼，对小鸟说：“我们走吧！”

“你得穿鞋子！”蓝鸟说。

阿加特没有鞋子。她总是躺在床上，男骗子和女骗子为什么要给她买鞋子呢？“你可以飞出去给我找双鞋子来吗？”阿加特问蓝鸟。“可以，”蓝鸟说，“但是你得先告诉我，你想跟我去什么地方？”

“去找我真正的父母。”阿加特说。她走到床边，拿起枕头，指着床垫上的那个洞，对蓝鸟说：“这是我的梦幻洞，这个洞告诉我，我是被这两个骗子骗来的。”

阿加特坐在床边，对蓝鸟说：“在我很小的时候，我的梦幻洞也很小，就像我的耳朵眼那么大。我慢慢长大了，它也慢慢变大了，力气也一年比一年增大，早先最多可以吞下一个玻璃球或者一个小圆环，现在可以把我所有想摆脱的东西都吞进去！”

“你的梦幻洞大概忘了告诉你最重要的事情。”蓝鸟说。

“无论我问什么，我的梦幻洞都能告诉我。”阿加特说。

“你大概没有问你真正的父母是否还活着。”蓝鸟说。

“这我没有问。”阿加特小声地说，然后把头伸进梦幻洞。过了一会儿，她把头抬了起来，脸上挂着眼泪，她哭着说：“我现在该怎么生活呢？我现在既没有假的父母，也没有真的父母！”

“所有的父母都会死的，”蓝鸟说，“你现在已经不再是孩子了。”

“可是我还没有学会自己照顾自己，”阿加特说，“我甚至不知道从哪儿给你弄来鸟食！”

“我可以照顾我们俩。”蓝鸟说。

“你这只小鸟能怎么照顾我们呢？”阿加特抽泣着问。

“我不一定非得这么小，”蓝鸟说，“我只是为了和你在一起，才把自己变得这么小。有一天，我从窗户外面飞过看见了你，立刻就喜欢上了你。”

蓝鸟一边说，一边竖起了羽毛，变得越来越大，直到它占满了整个银质鸟笼，最后把鸟笼都撑破了。然后，它伸展开长长的翅膀，长到可以碰到两边的墙。

“邻近的那个国家是属于我的，”蓝鸟说，“你愿意跟我去吗？”

阿加特擦干面颊上的眼泪，点了点头。蓝鸟用两只爪子抓住阿加特的腰，把她的一缕头发衔在嘴里，然后振翅飞出了窗户。

第二天，邻居们都不明白，为什么这座房子里如此安静，烟囱也不冒烟，就连女骗子的影子都看不见。住在左边和右边房子里的两个邻居，还有住在对面房子里的一个老奶奶，从窗户爬进了这座房子。老奶奶首先发现了阿加特的床上有一个洞，她叫来另外两个人，三人一起盯着这个洞，看得毛骨悚然，心惊胆战，浑身都起了鸡皮疙瘩。

“快离开这里！”他们大声喊道。这是他们一生中说的

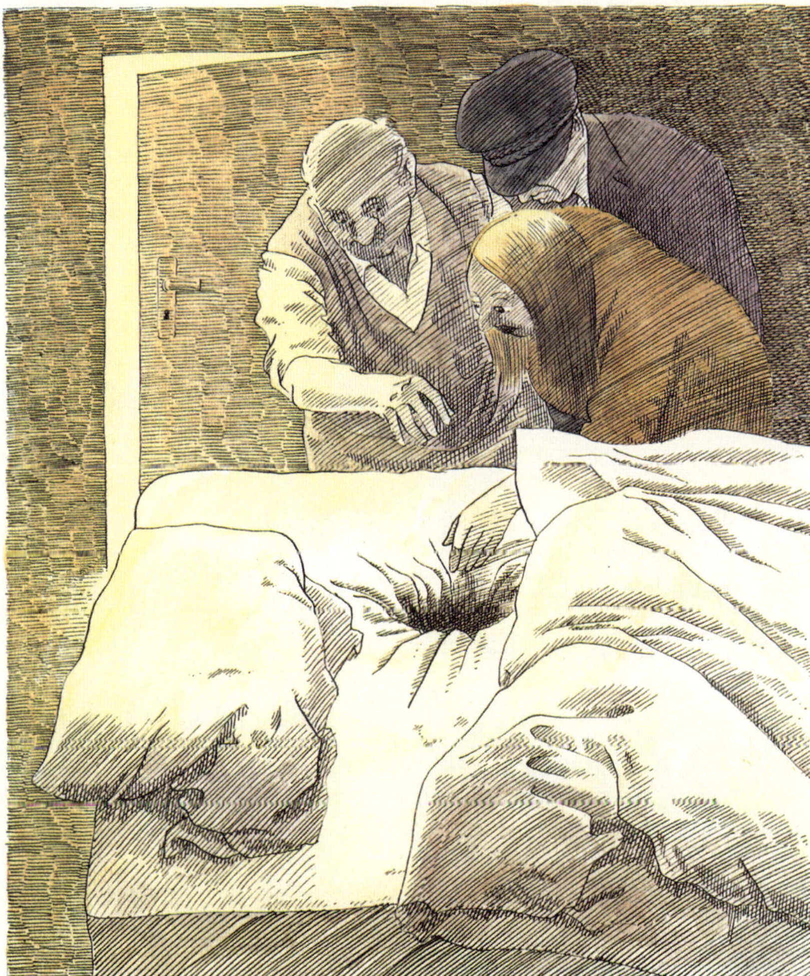

三人一起盯着这个洞，看得毛骨悚然，心惊胆战，
浑身都起了鸡皮疙瘩。

最后一句话，当他们从窗户逃出去，想对其他人讲讲这个令人恐惧的洞的时候，他们三个谁也讲不出话来了。一直到死，他们都是哑巴。

所以，没有人知道有关梦幻洞的详情，其他的人都以为，女骗子带着女儿离开了这个城市，这在骗子中间并不是什么稀罕的事。

家畜讲完了梦幻洞的故事，弗兰茨王子还是睡不着觉，因为从地窖不断地传来咒骂和敲门的声音。

弗兰茨王子问："这两个家伙怎么办？"

家畜说："明天早上，我把门闩打开。我毕竟还需要他们，因为我靠着他们的垃圾生活得很舒服。"

王子这下就放心了，他心肠好，觉得不能让那两个骗子一直在地窖里忍饥挨饿。他搂紧了家畜，低声地说："也许他们会变好的。"然后就进入了梦乡。

当家畜亲吻他的两颊时，弗兰茨王子才醒了过来。"夜幕降临了，"家畜轻声地说，"旅行可以开始啦！你自己多多保重，不要把我忘了！"

"我永远也不会忘记你的，"王子说，"我很想请你跟我一起走。为了向你表示感谢，我的父母一定会给你封个贵族爵位的。”

“可惜这不行！”家畜叹了口气说，“这个枕头承受不住我们俩。再说，一个老态龙钟的家畜也不需要什么贵族爵位，它需要的是自己熟悉的环境。”

弗兰茨王子独自爬上了房顶，家畜把会飞的枕头递给他。王子将枕头放在瓦上，正想坐到上面去。“你最好还是站着飞，”家畜建议说，“今天夜里不算太黑。乌云散开了，月亮出来了。你要是躺在枕头上，下面的人可能会看见你的腿在移动。但是如果你站着，别人就根本看不见你，以为枕头是一片飘浮的乌云。”

“我要是站着，一定会掉下去的！”王子说。

“你不会掉下去的！”家畜把头从房顶的小窗伸出来说，“枕头会牢牢地吸住你，它就像一块磁铁，你就像一块铁器。”

“这是真的吗？”王子还有点担心。

“当然是真的，我是这座城市唯一讲真话的动物。”家畜回答说。

王子站到枕头上去，打了一个哈欠，用手捂住嘴巴，说道：“晚安！”枕头鼓了起来，四个角扑扇着从房顶飞了起来。

家畜挥手告别，弗兰茨王子就像一只气球飞上了天空。

“先朝河那边飞，然后就往河的上游飞。”家畜大声喊道。

“怎么才能控制枕头朝哪儿飞呢？”弗兰茨王子也大声喊道。

“噢，天哪，这我忘记告诉你啦！”家畜大声地说，“你注意听，这很简单，只要……”

家畜后面说的话，王子什么也没有听见，因为这时刮来一阵大风，卷住枕头在空中打旋。王子接连翻了好几个跟头，什么也听不见，什么也看不见，不过，枕头倒是真的牢牢地吸在他的脚上，使他仍然在天上飞着。

这阵大风过去之后，王子终于又可以直直地站在枕头上了，这时他看不见家畜和那座房子了，连那座骗子城的影子也没有了。王子看见下面的黑暗中有一条闪亮的长带，他想，这肯定就是河。但是，他不知道哪个方向是上游，是回家的方向。即使他知道方向，也没有任何帮助，因为他不会操纵会飞的枕头。所以，他干脆就随它去了，他想，等到天亮之后，我就可以看见我在什么地方了。要是我愿意的话，也可以降落。肯定不会比我刚才离开的地方更糟糕。

站在会飞的枕头上，在黑夜里飞行，实在不舒服。王子刚刚从空翻跟头中缓过气来，又被一块巨大的湿乎乎的雨云卷住，而且被卷得时间很长。当他从这块雨云出来时，浑身上下湿淋淋的，他感到越来越冷。很快，王子身上的湿衣服全变硬了，是真的结了冰。

弗兰茨王子是在朝家的方向——北方飞，那里正值寒冷的冬天。他飞过了三个王国，已经到了他家的邻国。但是他并不知道这些。他只知道，如果长期在这么冷的地方飞下去，他准会冻死的。他想：我的嘴巴也会被冻上的，我就既不能打哈欠，也不能说“早上好”，那时我就全完啦。

王子也不敢在漆黑的夜里降落。他想：谁知道我会降落在什么地方呢？也可能会“啪嗒”一声掉进湖里淹死，或者掉在一块尖利的岩石上，我的胸脯会被岩石刺穿。

因此，王子勇敢地在严寒中坚持等到早晨。太阳从东方升了起来，这是一个晴朗无云的日子，王子看见他飞越的这片土地上覆盖着皑皑白雪。他看见雪中有一栋房子，小得就像一个火柴盒。房子的烟囱里正冒着烟。

王子想：这里有人住，肯定很暖和。他一秒钟也不愿意待在空中了。他费了好大的劲才张开冻住的嘴唇打了一个哈欠，费了更大的力气，才把冻僵的手伸起来捂住嘴，他使出最后一点力气，从颤抖的被冻紫了的嘴唇之间，挤出了一句话：“早上好！”

会飞的枕头下降得很快,弗兰茨王子感到有点耳鸣。那个像火柴盒的房子越来越大。王子看见房子的旁边有一棵树，绿色的树冠枝叶茂密。王子还没有来得及对雪地里的树怎么会有绿叶感到惊奇,他就已经落到了地面，正好落在房子门前的擦脚垫上。

房门开了，一个老人站在王子的面前，他长着一个很长的鼻子。“啊呀，从天上掉到我面前的是什么东西呀？”老人大声说道。他抱起王子，走进一间温暖的小屋，壁炉里闪烁着火苗。

老人脱掉王子身上的湿衣服，把他裹进一条暖和的被子里面。他把王子放在一张大床上,说:“可怜的孩子,睡觉吧。睡觉总是有好处的。”

弗兰茨王子睡不着。他开始剧烈地咳嗽和打喷嚏。起先是那么冷，现在又是那么热。弗兰茨王子发起了高烧。他烧得很厉害，神志有些不清，咳嗽和打喷嚏，还

王子干脆就随它去了，他想，等到天亮之后，

我就可以看见我在什么地方了。

伴随着说胡话。

他的手脚还乱挥乱踢。

就这样过了七天七夜。老人为王子擦身子，给他的头上敷毛巾，喂他喝草药茶，他一遍遍地擦去王子额头上的汗水，握住他的手，反反复复地说："可怜的孩子，一切都会好起来的。"

到了第八天，王子不再手脚乱挥乱踢。第九天，他不再说胡话。第十天，他不再发烧了。第十一天，他不再打喷嚏，也不咳嗽了。第十二天，他完全康复了。弗兰茨王子只是感觉到有些虚弱和乏力。要是他想从床上起来，就会感到头晕。

"很快就会好的，可怜的孩子，"老人安慰他说，"再过三天，你就能跑得像黄鼠狼那么快了。"

老人说得很对。三天以后，弗兰茨王子感觉自己从来没有这么有力气过，他不愿意再躺在床上。他问老人："请问，我的衣服呢？"

"别提你的那些衣服啦，"老人叹了一口气说，"你没法再穿了。"

王子的衣服已经成了一堆破布条。因为爬家畜的通道，衣服被弄得很脏，还被撕破了，有许多窟窿。即使是用天鹅绒和丝绸做的最精美的王子礼服，也经不起冰冻和各种磨损。

“不过，我有很好的衣服！”老人从箱子里取出一件带风帽的蓝色毛皮小外套。“这是我儿子许多年以前穿的。是我用一张蓝色狐狸的皮缝出来的。这是一只很大的蓝色狐狸，它想在死后做点好事，就在它的遗嘱里要求，把它的毛皮给它最好的朋友，就是我的儿子，做成一件外套。现在你穿上它，蓝色狐狸肯定会打心底里感到高兴。”

蓝色狐皮外套对王子来说正合身，就像是专门为他定做的。

“可是，我没有适合你穿的鞋。”老人说，“我儿子的鞋总是被磨得全是窟窿，我都扔掉了。”

“我可以不穿鞋。”王子说，“这件外套使我的上半身很暖和，下半身也根本不会觉得冷的。”

王子跑到门外的雪地里，向老人展示，他不穿鞋子也不会冻着的。

他又看见了那棵冬天仍然满是绿叶的树。

“喂，老爷爷，”他大声地说，“这是什么树？它的叶子为什么没有掉落呢？”

吗？”王子问。

“亲爱的孩子，这连我都知道。”老人说。他走到窗前，在结霜的玻璃上哈出一个小小的窥视孔。

“我们是在大河上一个很小的岛上，这条河自北向南流。”老人说，“河的右边是你母亲的王国，河的左边是你父亲的王国。”

弗兰茨王子高兴地跳了起来，直拍巴掌。可是，当他刚刚从空中落下来，两脚踏在地上，高兴的神色已经从他的脸上一扫而光。

“我知道，我知道。”老人说，“你现在又得做出决定，你要跟哪一个。这是很困难的。你就安安心心地留在我这里，直到你想好了为止。我的小岛既不属于你父亲，也不属于你母亲，它是我一个人的。历来就是这样。你的父母在这里没有任何权利。只有得到我的许可，他们才可以上我的小岛。”

“但是，我们应该通知他们我还活着。”弗兰茨王子说。

“你说得对，亲爱的孩子。”老人说，“我派两只鸽子去送信。”

他走到门前，推开门，喊道：“善良的鸽子，你们快来，我有事情要你们做。”

从冬天的绿树上飞下来两只鸽子，飞到老人的跟前，站在他的肩膀上。

“树已经告诉我们要做什么事了。”一只鸽子咕咕咕地说。另一只鸽子也咕咕咕地说：“我们飞去找国王和王后，告诉他们，王子得救了，住在你这里很安全。”

“就这么说，我的好鸽子。”老人说，“你们可不要迷路啊！”

“怎么会呢！”两只鸽子咕咕了一声就飞了起来，一只朝右边的王国，另一只朝左边的王国。

夜里，两只鸽子分别到了皇宫。因为是冬天，所以皇宫的窗户全都是关着的。甚至就连一扇天窗也没有开。但是，在两座皇宫里，都有一扇窗户亮着灯。一个是国王的房间，另一个是王后的房间。自从弗兰茨王子被河水冲走以后，国王和王后苦恼、焦虑，连觉也睡不着。他们现在比王国一分为二之前病得更厉害。苦恼、焦虑、失眠，要比以前的争吵更使王后胃疼，更使国王胆痛。一个星期以来，国王和王后只能躺在床上唉声叹气。这两个王国不得不交给女仆和男仆来管理。

两只鸽子飞到国王和王后寝室的窗台上，用嘴啄窗玻璃。可是，因为胆痛和胃疼，国王和王后谁都没有注意到轻轻的啄击声，还是女仆和男仆来照看主人的时候发现了鸽子。他们打开窗户，把鸽子放了进来。鸽子咕咕咕地传达了消息。国王和王后都停止了唉声叹气。他们从床上跳了下来，大声喊道："谢天谢地！我的弗兰茨还活着！我一定要把我亲爱的弗兰茨接回家！"

他们提着床头柜上的灯，穿着睡衣跑出了寝室，冲下了楼梯。女仆和男仆跟在他们的后面，手里抓着王后和国王的睡袍和拖鞋。

国王和王后都朝着河的方向跑，国王从左边跑来。王后从右边跑来。

"女仆，解开船缆。"王后高喊。

"男仆，解开船缆。"国王高喊。

正值冬天，岸边没有一条船。左岸没有，右岸也没有。为了过冬，船都运进了仓库。

王后焦急地在岸边跑来跑去，国王也焦急地在岸边跑来跑去。他们都看见了对岸有灯光在移动。

"是谁在对岸？"王后大声吼道。

"是谁在对岸？"国王也大声吼道。

“我是王后！”

“我是国王！”

“我们的弗兰茨还活着！”王后大声喊道。

“他现在很好！”国王大声喊道。

“他现在在小岛王国。”

“和那个年迈的小岛皇帝在一起。”

“女仆去给我弄船了，”王后喊道，“要我接上你吗？”

“男仆去给我弄船了，”国王喊道，“我可以把你带上。”

这时，女仆和男仆回来了。女仆说：“王后陛下，我没有找到船桨。”男仆说：“国王陛下，船桨断了。”

女仆指着河面说：“我们反正也不能划船过去，水面上全是冰块。”

男仆指着河面说：“所有的船还没有离开岸边，就会被冰块撞成碎片！”

“但是，我一定要去小岛。”王后大声说。

“但是，我一定要去小岛。”国王大声说。

没等女仆和男仆来得及阻拦，王后和国王就已经从岸边跳到了一块冰块上，然后又敏捷地跳到另一块冰块上。他们就这样从一块冰块跳到另一块冰块上。两人在河的中央相遇，一起继续朝河的下游跳去。有一次，王后一脚踏空，是国王把她拉住才没有掉进河里。还有一次，国王在冰块上滑倒，多亏王后赶紧扶他起来，否则他准会被后面来的冰块撞死。

他们俩在冰块上待的时间越长，他们在冰块之间跳跃的技术也就更娴熟。两人手拉着手，跳啊跳啊，就好像他们过去除了在冰上跳来跳去，从来没有干过别的事情。

弗兰茨王子对这一切当然毫无所知。他躺在老人旁边的床上睡觉。老人也睡着了。当国王和王后快到小岛的时候，冬天的绿树开始发出很响的沙沙声，老人和王子都被吵醒了。老人起身，穿上大衣，戴上尖顶毡帽，走出房子来到树前。他问："有什么事吗？"

"他的父母来了，"树说道，"他们马上就要靠岸了。"

"我应该把他们赶走吗？"老人问。

"请不要赶走他们！"弗兰茨王子大声喊道。他也跟着老人跑了出来，听见了这段对话。他说："因为，我很想念我亲爱的父母。"

"但是，如果你的父母又为了你吵架，谁都想要你，那你该怎么办呢？"老人问道，"这两个人会失去理智，把你撕成两半！"

“快到我的树冠上来！”树说，“这样你就不会出任何事！”

“的确如此。”王子赶紧爬上了树，坐在一根很粗的树枝上。

从树上，王子可以俯视整个小岛，他看见他的父母正从一块冰块上跳上小岛。

“天啊！”他吃惊地大声说，“我可怜的父母只穿着睡觉的衣服！”

“天啊！”他又吃惊地大声说，“他们还手拉着手！这我还从来没有看见过！”

“你现在必须狡猾一点，亲爱的孩子。”树说。老人点了点头，说：“树怎么说，你就怎么做，它比我们俩加起来还要聪明！”

老人说完转身朝着国王和王后走去。“站住！不准再朝前迈一步！”老人冲着他们高声喊道，“是谁允许你们踏上我的小岛王国？”

国王和王后停住脚步。

“尊贵的小岛皇帝陛下，”王后说，“两只鸽子向我们通报，我们的儿子在您这里。”

“我们想接他回去，尊贵的小岛皇帝陛下。”国王说。

“鸽子也向你们通报，弗兰茨王子想从我这里离开吗？”老人问道。

“鸽子对你说了吗？”王后问国王。

“没有对我说过，”国王说，“对你说过吗？”王后摇了摇头。

“他为什么要回家呢？”老人大声说，“他跟你们中的一个回家，就会失去另外一个！只有你们重新生活在一起，他才会回家！”

“这不可能，”国王和王后异口同声地说，“我们俩要是生活在一起，一定还会吵架，吵架让我们俩都得了病。”

“那弗兰茨就留在我这里了。”老人说，“你们就为他伤心去吧，你们也不可能恢复健康！”

“叫他们俩过来。”树悄悄地对弗兰茨说。弗兰茨大声地说：“亲爱的爸爸妈妈，我在这儿！”

国王和王后奔到树下。

“弗兰茨，亲爱的弗兰茨，”他们喊着，“快下来！让我抱抱你，亲亲你！”

“不行！”弗兰茨王子说，“我害怕你们的爱！你们的爱，已经让我差一点儿丢了性命。”

“我们并不想这样，亲爱的儿子。”国王和王后说。

“这更糟糕，”弗兰茨说，“今后可能还会出现这种情况。”

王后和国王在树前跪下，恳求弗兰茨王子从树上下来，并且原谅他们。

弗兰茨很感动，他立刻就想从树上跳下去，扑进父母的怀抱。但是，树伸出一根树枝，把弗兰茨拦腰抱住。“现在还不是时候，”树小声地说，“你必须要有铁石心肠。不然的话，到了明天，一切仍然照旧，他们又会为了你争吵不休。”

“我应该怎么对他们说呢？”弗兰茨小声问道。

“告诉他们，”树轻轻地说，“他们不是好的父母，因为他们的胆和胃要比你更重要！”

“这话我可不能说，”弗兰茨小声说道，“我不能这样伤我亲爱的母亲和父亲的心！”

“那就让我来对他们说。”树小声地说。树开始发出很响的沙沙声，树枝剧烈地摇晃，就像是刮来了一阵狂风，从树上发出雷鸣般的声音：“你们走开！给孩子带来这么多苦恼的父母，应该钻到洞里去！”

像是被闪电击中了似的，王后和国王一下子站了起来。

“是谁在说话？”王后小声地问。

“是这棵树！”国王答道。

王后吓得浑身发抖，紧紧抓住国王。国王也在发抖，他声音颤抖地对树说：“尊敬的树，您说得对，但是，如果不得不吵架，而且有胃病和胆病，那该怎么办呢？这两种病都会死人的！我们俩现在都还太年轻，不想死！”

树轻声对弗兰茨说：“从我身上掰两根树枝，扔给你的父母。”

王子按照树的话做了，树又发出一阵很响的沙沙声，声如雷鸣地说：“如果你们每天吃一片这上面的树叶，你们就不会再胃疼和胆痛了。”

老人这时说：“我的这棵树这么说，你们就应该相信，它的话从来都是对的。”

国王和王后捡起树枝，你看着我，我看着你。“自从鸽子到过我那里，”王后说，“我的胃就一点儿也不疼了。”

“我的胆也不痛了。”国王说。

“也许我们俩真的可以互相容忍对方。”王后说。

“要是不行，我们也可以吃这上面的树叶。”国王说。

弗兰茨王子拍起了巴掌，从树上跳了下来。

他扑进父母的怀抱，亲吻他们。

王后和国王跪在树前恳求弗兰茨从树上下来，原谅他们。

他也亲吻了老人，扑进了他的怀抱。他抚摸着树，轻轻地说："亲爱的树，非常非常感谢！"

弗兰茨和国王、王后又在小岛上待了整整一周。他们必须等到水面上没有冰块才能回去。然后，老人用船把他们送到河的左岸，因为时值冬天，他们总是住在河左岸的皇宫。

弗兰茨王子从船上下来，胳膊下面夹着一大捆树叶。男仆在河边迎候国王全家，他感到很奇怪。

在以后的许多年里，男仆一直对这捆树叶感到很奇怪，因为它们立在两张王位之间，从来也不枯萎。

他曾经看见，国王或者王后会从树枝上扯下一片叶子，塞进嘴里。他问女仆："你能够对此做出解释吗？"女仆当然也继续服侍国王全家，她说："咳，国王家的人，就是有一些特别的嗜好！"男仆说："重要的是，他们不再吵架，身体也健康了。"

女仆若有所思地喃喃自语："这两个人的变化，究竟是怎么回事呢？"

弗兰茨王子经常听见女仆和男仆的对话。但是，他什么也不说，因为他答应过老人，不向任何人说起在小岛上发生的事情。这个诺言，弗兰茨王子信守了一辈子。要不是在好几百年以后，人们在小岛上伐倒了一棵很老很老的树，从树冠上掉出来了一本小小的书，人们永远也不会知道事情的真相。在这本小小的书里，写了这个故事，而且是用绿色的墨水写成的……

至于这本书是如何跑到树上去的，是谁写的这个故事，就没有人知道了。无论如何，故事是这样开始的：

“有一天，一个冻僵的王子从天上掉了下来，正好落在了我父亲的房子前面……”

图书在版编目（CIP）数据

冻僵的王子 / (奥) 克里斯蒂娜 · 涅斯特林格著 ; (德) 弗里德里希 · 卡尔 · 维希特绘 ; 任庆莉译. -- 上海 : 上海人民美术出版社, 2022.8
ISBN 978-7-5586-2347-9

Ⅰ. ①冻… Ⅱ. ①克… ②弗… ③任… Ⅲ. ①童话－奥地利－现代 Ⅳ. ①I521.88

中国版本图书馆 CIP 数据核字(2022)第124217号

著作权合同登记号图字：09-2022-0313

冻僵的王子

著　　者：[奥] 克里斯蒂娜 · 涅斯特林格
绘　　者：[德] 弗里德里希 · 卡尔 · 维希特
译　　者：任庆莉
项目统筹：尚　飞
责任编辑：康　华
特约编辑：宋燕群
装帧设计：墨白空间 · 王莹
出版发行：上海人民美术出版社
（上海市号景路 159 弄 A 座 7 楼）
邮编：201101　电话：021-53201888
印　　刷：天津联城印刷有限公司
开　　本：889mmx1194mm 1/32
字　　数：32 千字
印　　张：3
版　　次：2022 年 8 月第 1 版
印　　次：2022 年 8 月第 1 次
书　　号：978-7-5586-2347-9
定　　价：32.00 元

读者服务：reader@hinabook.com 188-1142-1266
投稿服务：onebook@hinabook.com 133-6631-2326
直销服务：buy@hinabook.com 133-6657-3072
网上订购：https://hinabook.tmall.com/(天猫官方直营店)